目 录

判决
Das Urteil

作品简介

卡夫卡于1912年9月22日晚间至9月23日凌晨，一夜写就《判决》（*Das Urteil*）。同年12月4日，他在布拉格举行人生中仅有的两场公开演讲会的第一场，朗读本篇小说（另一场为1916年在慕尼黑，朗读短篇小说《在流放地》）。1913年6月，《判决》首度发表于马克斯·布罗德编辑的《阿卡迪亚》（*Arkadia*）文学年鉴。1916年9月，德国莱比锡的科尔特·沃尔夫出版社（Kurt Wolff Verlag）为《判决》出版单行本。这篇小说被视为卡夫卡写作风格形成的早期代表。

致 F[1]

1　指卡夫卡的情人费莉丝·鲍尔（Felice Bauer，1887—1960）。

那是最美春日的一个周日上午。一名年轻商人，格奥尔格·本德曼，正坐在他位于二楼的房间里。他的房子属于沿河而建的一排低矮、轻质结构的屋舍中的一座，这些屋舍如是绵延，只在高度和色彩上有所区别。他刚给一位住在国外的青年时代的友人写完信，轻松缓慢地将信封起来，然后将手肘撑在书桌上，看着窗外的河流、桥梁以及对岸的浅青色小丘。

　　他思索着这位朋友是如何不满自己在家乡的前程，以至于几年前就真的逃往俄国了。如今他在彼得堡经营一家商行，起初生意非常兴隆，但现在已经陷入停顿好一阵了；朋友回来的次数也越来越少了，每逢回来便抱怨一番。他身处异乡，疲惫不堪且徒劳地工作，异国样式的络腮胡并不能遮住那张格奥尔格自孩提时代就已经非常熟悉的脸。他面色发黄，像是得了什么病。据他说，他与当地的本国侨民几乎没有什么联系，与俄国家庭也几乎没有社交往来，他已做好准备，决定独身一辈子。

对于这样一个陷入迷途的人，格奥尔格该写怎样的信呢？格奥尔格为他惋惜，却什么忙都帮不上。也许该在信里劝他回家，迁回来定居，和所有的老朋友恢复联络——这不会有障碍的——并信赖朋友的帮助？信中的语气越是谨慎委婉，就越是伤人。这样无异于告诉他，他迄今所做的努力都失败了，最后还是得放弃一切；他得回来，同时，身为一位从国外回来定居的人，会让众人睁大眼睛看着；他的朋友们明白事理，而他还只是个大孩子，应该要向这些留在国内的事业有成的朋友看齐。一旦这么写，将一切苦恼加诸他身上，难道这样做会有什么意义吗？也许让他回国，更是永远也办不到的——他自己也说过，对于家乡的状况，他已经无法理解了——于是他就这样继续留在陌生的异乡，因这些劝言令人忧愤，使得他和朋友们更加疏远。如果他真的听从建议回国，却感到抑郁——并非刻意，而是事实如此——无论是否在朋友圈中，他都会感到不自在，终日羞赧惭愧，那么就真的既无家乡，也无朋友了；如此一来，让他留在原来居住的异国，对他不是更好吗？

难道衡量过这些情况之后，还认为他在这里真的会有美好前程吗？

基于这些原因，若还想维持书信往来，就不能向他表达本来的想法，不能像告诉最疏远的人那般无所顾忌。这位友人已逾三年没回国了，他在信中敷衍搪塞，说俄国的政治局势不稳，完全不容一个小商人稍稍离开；这时候却有成千上万的俄国人安闲地在世界各地旅行。在这三年间，格奥尔格经历了许多变化。大约两年前，格奥尔格的母亲过世，此后他便与年迈的父亲同住；这位友人大概得知了此事，便来信表示哀悼，却言不由衷。他这样做的原因可能是：身在异国，对这种事的悲痛已经完全无法想象。从那时起，格奥尔格便对自己的事业投注了更大的决心与精力，就像对其他的事情一样。也许是母亲在世时，他父亲对商行一切事务的专断独行，使他没有机会发挥自身的能力；也许是父亲在母亲死后，虽然还继续经营生意，但已退居幕后、淡泊许多——这是真的，是个幸福的意外——无论如何，生意在这两年来有了意想不到的发展。员工数变成两倍，营业额增加到五倍，将来事业的发展完全不容怀疑。

那位友人却对这样的变化一无所知。在先前的那封吊唁信中，他试图说服格奥尔格移居俄国，说格奥尔格如果在彼得堡开设分行，前景有多好。他所列的数字与格奥尔格现在所经营的范围相比，实在微不足道。格奥尔格之前没想写信给这位朋友，将自己事业的成功描述一遍，如今补述的话，应该会显得刺眼吧。因此，格奥尔格略过这些，写给这位朋友的信里净是些无意义的事，好比人们在寂静周日才会想起的那些记忆中杂乱堆积的琐事。他这样无非是希望不去干扰友人，好让他维持并安于长久以来对家乡产生的某些想法。于是就发生了一件事——格奥尔格在三封时间相隔很远的信中，向朋友提到一个无关紧要的男人与一个同样无关紧要的女人订婚的事，格奥尔格出于无心，友人却开始对这件不寻常的事产生了兴趣。

格奥尔格宁可写给他这一类的事，也不愿意坦白自己在一个月前与一位名叫弗丽达·勃兰登菲尔德的富家女子订婚了。他时常和他的未婚妻提到这位友人，以及这种为对方着想的特殊通信状况。

"那么他就不会来参加我们的婚礼了，"她说，"但是我有权利认识你所有的朋友。"

"我不想打扰他，"格奥尔格回答，"相信我，他也许会想来，至少我是这样认为的，但他会觉得很勉强，自尊心受到打击，也许他会嫉妒我，觉得不满，又没能力消除这种不满，然后又独自回去。独自一人——你知道这是什么意思吗？"

"好，难道他不会通过别的方式知道我们结婚吗？"

"这我就没办法阻止了，但是以他的生活方式，这应该不可能发生。"

"格奥尔格，如果你有这样的朋友，那你根本就不应该订婚。"

"是，错在我们俩，但是我现在已经不想改变了。"

然后她在他的吻当中急促地呼吸，仍说道："其实我觉得很受伤。"

格奥尔格觉得，如果一五一十地告诉朋友，对于他来说一点儿也不为难。"我就是这样的人，所以他也得接受这样的我。"他喃喃自语道，"我无法变成另外一个也许比我更适合跟他维持友谊的人。"

他果然在星期天上午写给朋友的长信当中，以如下文字告知了他这场已发生过的订婚："最好的消息我留到最后才说。我和一位名叫弗丽达·勃兰登菲尔德的小姐订婚了，她是一位来自富裕家庭的小姐，在你离开很久以后，她家才搬到这里来，所以你不大可能认识她。以后还会有机会告诉你有关我未婚妻的事，今天在信里让你知道我非常幸福，这就够了。这件事多少也改变了我和你到目前为止的关系——作为你的朋友，我已经不再是过去那个平凡的朋友，而是一个幸福的朋友了。此外，我的未婚妻也在此向你致意，日后她也会亲自写信问候你。这样一位真诚的女性朋友，对一个单身汉而言多少有些意义吧。我知道，你一直都出于种种原因无法回来探望我们，然而我的婚礼不正是一个让你排除万难回来的好时机吗？不过，无论如何，一切还是顺其自然，不要顾虑太多，随你的心意便是。"

格奥尔格将信握在手里，脸朝向窗外，坐在书桌前良久。街上一个认识的人走过，向他打招呼，他几乎没有回应，只是出神地微笑着。

终于，他将信件放进口袋，离开房间，穿过狭小的过道，来到父亲房里，他已经有好几个月没来过这里了。由于平日工作中时常与父亲打交道，所以也没有什么必要到父亲的房间来。他们会在一家饭馆共进午餐，晚上则随心所欲，各忙各的，但若是格奥尔格下班后难得没有出门会朋友或者见未婚妻，他们就会一起在客厅里坐一会儿，然后翻阅各自的报纸。

在这晴好的上午，格奥尔格对父亲房间的阴暗感到惊讶。窄小庭院的高墙，在房间里投下了阴影。父亲坐在窗旁一角，那里装饰着许多已逝母亲的纪念物。他正在读报，将报纸一侧贴近眼睛，试图平衡自己不知是哪一只眼的视力衰退。桌上有剩下的早餐，显然他吃得并不多。

"啊，格奥尔格！"父亲说着，立刻走向他。沉重的睡袍在父亲走动时敞开了，下摆围着身体飘动，格奥尔格心想："我的父亲依然是个魁梧的人。"

"这里真是暗得要命。"他于是说。

"是啊，确实很暗。"父亲回答。

"您还是关窗了？"

"我比较喜欢这样。"

"外面非常温暖。"格奥尔格说着，口吻像是接续前一句尚未说完的话，然后坐下。

父亲收拾了早餐餐盘，把它们放进一个柜子里。

"我只是想告诉您，"格奥尔格继续说，眼神迷茫地看着老人的动作，"我写了一封信到彼得堡，说了我订婚的事。"他从口袋里微微抽出信件，然后又放回去。

"寄到彼得堡？"父亲问。

"是寄给我朋友的信。"格奥尔格说着，然后探看父亲的眼神——"他在商行完全是另一个样子，"他心想，"瞧他现在两腿摊开坐在那里，双臂交叉在胸前的样子。"

"哦，写信给你的朋友。"父亲加重语气说。

"您知道的，父亲，我本来不想让他知道订婚的事。这完全是为他着想，而不是出于别的原因。您也知道他是一个难相处的人。我心里想，他大概会从别的地方得知我订婚的事——这我无法阻止——即便这会因为他离群索居而不可能发生，可他绝不会从我这边知道。"

"所以你现在改变想法了？"父亲一边问，一边把大张报纸放在窗台上，眼镜放在报上，一只手捂住眼睛。

"是的，我已经好好想了一遍。我告诉自己，如果他是我的好朋友，那么我幸福的订婚对于他来说也是种幸福。所以，我不再犹豫，想要写信告诉他。在我把信寄出去之前，我想让您知道。"

"格奥尔格，"父亲说着，张着牙齿已然脱落的嘴，"听着！你因为这件事情来找我商量，是完全值得赞许的。但是，如果你现在不告诉我一切实情，就等于什么都没有说，甚至更差劲。我不愿提及与这些无关的事情。自从你敬爱的母亲过世以后，已经发生过一些不愉快。这些事迟早会发生，也许来得比我们料想中的要早。在商行里我有些事情没有注意到，或许它们也不是刻意在我面前隐藏，我也不愿意假想它们刻意在我面前隐藏——我已经没有力气管这些，记忆力也衰退了。我已无法顾全所有的事情。一来这是自然的过程，二来是你母亲的过世对我的打击远甚于对你——但是既然我们正好提及此事，提到这封信，所以我请你，格奥尔格，不要欺骗我。这是一件微不足道的小事，所以不要骗我。你在彼得堡真有这样一个朋友？"

格奥尔格难为情地站起来："别管我的朋友了。就算一千个朋友也无法取代我的父亲。您知道我在乎什么吗？您太不珍重自己了，岁月催人老。在工

作中，我不能没有您，这您非常清楚，但如果工作
危害了您的健康，那我从明天起就永远歇业。这样
不行，我们得为您创造新的生活方式，而且要彻底
改变。您现在坐在黑暗里，但是待在客厅您就会有
充足的光线。您早餐只吃了一小口，不注意增强自
己的体力。呼吸新鲜空气对您是件多好的事情，可
您却坐在紧闭的窗户旁。不行，父亲！我会去请医
生来，我们也会谨遵医嘱。我们会帮您换房间，您
换到前面的那个房间，而我搬到这里来。不会有什
么改变的，所有东西都会一起搬过去。但这些需要
时间，现在您得上床躺一会儿，无论如何您都需要
休息。来，我帮您宽衣，您会看到我可以的。还是
您现在就去前面的房间？这样您可以暂时睡在我床
上，对，这么做一定没错。"

　　格奥尔格紧挨在父亲身旁站着，父亲满头蓬乱
的白发，头低垂到胸前。

　　"格奥尔格。"父亲一动也不动，轻声地说。

　　格奥尔格立即在父亲身旁弯下腰，他看见父亲
疲惫的脸上，一双眼睛直勾勾地望着他。

"你在彼得堡没有朋友。你一直爱开玩笑，就连在我面前也不肯收敛。你怎么会刚好在那边有朋友！我一点儿也不信。"

"父亲，您想想看。"格奥尔格一边说，一边把父亲从沙发上扶起来，父亲孱弱地站在那儿，他为父亲解下睡袍。"上次我那位朋友来拜访我们，已经是三年前的事了。我还记得，您并不是特别喜欢他。至少有两次我避免让您看见他，尽管他那时正好坐在我房间里。我很能理解您对他的反感，我这朋友有他的古怪之处。但您不也和他聊得很尽兴吗？那时候，我看见您听他说话，点头与提问的样子，还颇觉自豪。您若仔细想想，会记起来的。他那时说了一些令人难以置信的俄国革命的故事。例如，他在基辅出差期间，在一场骚乱中看见有位神父站在阳台上，用刀在手掌心划下一个大大的血十字；他的手扬起，路人皆为之呼喊。这个故事，您不也四处传诵着？"

在格奥尔格说这些话的同时，他已经顺利让父亲坐下，小心翼翼地帮他脱掉穿在纯棉卫生裤外

16

面的亚麻长裤和袜子。瞥见这些不怎么干净的贴身衣物时，他责怪自己忽视了父亲。照看父亲更换衣服，那该是他的义务。他同他的未婚妻还没谈到未来要怎么安置父亲，但他们已经在心里暗暗假定，要让父亲独自留在这老房子里。而此刻，他很快地决定，要带父亲到他未来的新居住。如果仔细思量现下的光景就会发现，搬进新居再去照顾父亲可能为时太晚。

他挽着父亲到床上。当他一步步接近床边时，他感到吃惊，因为他发现父亲正在把玩他胸前的怀表链。由于父亲的手紧握着怀表链，他没办法立刻把父亲放到床上。

等父亲一躺上床，一切就好了。父亲为自己盖好被子，再将被子向上拉，盖住肩膀。他表情平和，仰望着格奥尔格。

"没错吧，您已经想起他了？"格奥尔格问父亲，并意带鼓励地向他点头。

"现在我的被子盖好了吗？"父亲问，仿佛他看不到双脚是否盖上了被子。

"躺床上舒服些了吧？"格奥尔格一边说着，一边为他拉好棉被。

"我的被子盖好了吗？"父亲再次问道，迫切地想知道答案。

"放心，被子都盖好了。"

"不！"父亲喊道，打断他的答话，然后使劲将棉被掀开，棉被一下子散开了，而他挺立在床上。他轻松地用一只手撑着天花板，说："我知道你就是想把我盖上，好小子，但我还没到完全被盖上的地步。就算用我仅剩的力气来对付你也绰绰有余！我认得你那个朋友，还想把他当儿子看。你骗他骗了这么多年，何苦呢？你以为我没有为他哭过吗？所以你把自己关在办公室里——经理忙着呢，无人能打扰——如此你才能写这封虚假的信，寄到俄国去。但是幸好，父亲无须别人教导，就可以看透自己的儿子。你现在以为自己完全打败他了，可以一屁股坐在他身上，让他动弹不得，因为我的儿子大人决定要结婚了！"

格奥尔格抬头望着父亲骇人的模样。那位父亲突然认识的彼得堡友人的身影，前所未有地侵入他的脑海。他看见他迷失在遥远的俄国。他看见他站在被洗劫一空的商行门前。他还站在破损的货架、被扯破的商品与坏掉的煤气管之间。为什么当初他要去那么远的地方！

"看着我！"父亲喊道，格奥尔格有些心不在焉地快步走向床边，想承受这一切，却在途中停了下来。

"因为她撩起了裙摆，"父亲开始哼唱，"因为她撩起了裙摆，那可憎的蠢丫头。"他拉高衬衣，好向人展示战争年代在他大腿上遗留的伤疤，"因为她这样、这样、这样撩起了裙摆，你终于对她行动了，为了毫无阻碍地取悦她，你亵渎了我们对你母亲的怀念，你出卖了朋友，将父亲塞进床铺，让他没法动弹。可是他究竟能不能动呢？"然后他放下手，踢动双脚。他因自己明察秋毫而喜形于色。

格奥尔格站在一角，尽可能地离父亲远些。好长一段时间，他决定要全盘观察一切，才不会被四面八方突如其来的事情吓住。如今他想起了这个早已遗忘的决定，旋即又忘记，像一根短棉线穿过针头一般。

"但你的朋友并没有被出卖！"父亲喊道，用来回摆动的食指加强语气，"我是他在这里的代表。"

"真是个喜剧演员！"格奥尔格忍不住喊了出来，随即察觉到自己说错了话，闭口却已太迟——他的双眼直瞪着，牙齿咬着舌头，因为疼痛而弯下腰。

"对，我就是在演戏！演喜剧！多好的词！像我这样一个鳏夫老父，还有什么可以安慰？你说——现在马上回答，说你还是我活着的儿子——除此之外我还剩下什么？我住在后面的房间，老得只剩下一身骨头，身后跟着一群不忠实的仆人，而我的儿子欢欣地游遍世界，完成了我所准备的买卖，得意忘形地在我面前大摇大摆，脸上净是大人物尊贵冰冷的表情！你以为我不曾爱过你这个我亲生的儿子吗？"

"他的身体在往前倾，"格奥尔格想，"要是他摔倒，跌坏了该怎么办？"这句话在他的脑袋里嗡嗡作响。

父亲身体前倾，却没有跌倒。见格奥尔格并没有如他期待的那样靠近，他又挺起身子。

"你留在原地，我不需要你！你以为你还有力量走过来，你动也不动是因为你不愿意走。别搞错了！我依然是那个永远的强者。我若只有一个人可能会退缩，但你母亲给了我力量，我和你的朋友一直保持着很好的联络，你的顾客名单也都在我的口袋里！"

"他甚至连衬衣都有口袋！"格奥尔格自语着，并且相信通过这些发现，父亲在世上的名声可能会被摧毁。这个念头在脑海中一闪而逝，因为他总是遗忘一切。

"挽着你的未婚妻走到我面前来吧！我会将她从你身边赶走，而你连我怎么出手的都不会知道！"

格奥尔格做了个鬼脸，仿佛他不相信这些。父亲只是朝角落里的格奥尔格点头，坚称他说到做到。

"你今天来问我是否应该写信告诉朋友订婚的消息，这件事还是让我高兴的。他什么都知道，笨小子，他什么都知道！我始终都有写信给他，因为你忘了取走我身上的笔。因此他才好几年没来了，他对这一切比你清楚一百倍。你的来信他读都没读就在左手里揉成了一团，右手则握着我的信准备读！"

由于兴奋，他的手臂在头顶上挥舞。"这一切他比你清楚一千倍！"他喊道。

"一万倍！"格奥尔格说着，他本想揶揄父亲，然而说话的声调却显得极为严肃。

"我已经注意几年了，我知道你会带着这个问题来找我！你以为我关心的是其他事情吗？你以为我真的在读报纸吗？看！"他丢给格奥尔格一张不经意带上床的报纸。那是一份旧报，它的名字格奥尔格从未听过。

"你怎么会拖这么久，现在才长大成人！你母亲没等到你的成人之日就死了；你的朋友在俄国潦倒，三年前就已经虚弱不堪；而我，你也看见了我现在的样子。你的眼睛分明看得见呀！"

"原来您一直在暗中监视我！"格奥尔格大喊。

父亲怜悯地补充说："你也许很早就想说出这句话。现在说这些已经不合适了。"

然后，他提高音量："现在你知道除了你自己之外还有什么，到现在为止你只知道你自己！你本是个无辜的孩子，但从更根本的意义上来说，你却是个恶魔！所以你听着——我判你现在投河而死。"

格奥尔格感觉自己被赶出了房间，父亲在他身后倒在床上的声音，还在他的耳边回荡。他急忙奔下楼梯，台阶变成了一道斜面，他迎面撞上了扶着栏杆上楼的女佣，她正要清扫他家。"噢，我主耶稣！"她喊着，用围裙遮住自己的脸，而格奥尔格已一溜烟不见了。他跃出大门，穿越车道来到水边。

他紧抓着栏杆，像饥饿不堪的人攫住食物。他开始摆荡，像一名优秀的体操运动员那般，这是他年少时期最让父母引以为傲的事。他的手变得无力，依然紧抓栏杆，从栏杆缝隙看出去，他发现一辆公共汽车，车声可以轻易盖过他跌落的声音，他轻声地喊："亲爱的父母亲，我一直都爱你们。"说完他便松手坠落。

在这一时刻，桥上正好有无尽的车辆驶过。

司炉（一则断片）

Der Heizer: Ein Fragment

作品简介

　　《司炉》(*Der Heizer*)为卡夫卡未完成的长篇小说《失踪者》(*Der Verschollene*)的第一章,写于1912年年初。1913年3月,在德国出版商科尔特·沃尔夫(Kurt Wolff,1887—1963)的盛情邀约下,卡夫卡于莱比锡出版短篇小说《司炉(一则断片)》(*Der Heizer: Ein Fragment*)。卡夫卡逝世三年后,继长篇小说《审判》(1925)和《城堡》(1926)之后,马克斯·布罗德把《失踪者》更名为《美国》(*Amerika*),于1927年在德国的科尔特·沃尔夫出版社出版。

书名

作者

我的评分

★ ★ ★ ★ ★

阅读日期

最爱金句

我的书评

U N READ

一起制作 把「未读」变成已读 读书笔记吧!

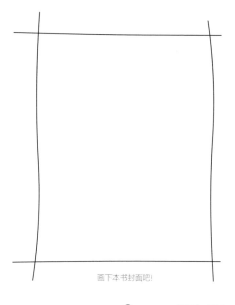

画下本书封面吧!

from 未讀 A DR (注) → to 已读 (99+)

扫码或搜索关注小红书
@未读Unread 查看活动详情

十六岁的卡尔·罗斯曼被可怜的父母亲送去了美国，因为他经不起一名女仆的诱惑，还让她生了一个孩子。卡尔·罗斯曼坐在邮轮上，轮船的速度渐慢，缓缓开进纽约港，他瞥见人们注视已久的自由女神像，好似看见一束忽然变强的阳光。她那持着剑的手臂高耸入云，她的身躯则迎向自由的空气。

"好高！"他自语着，未承想从渐聚的人群中离开。人们拎着行李箱，成群结队地走过他身旁，他被推挤着，逐渐靠向港口的栏杆。

一名在航行途中与他匆匆相识的年轻男子走过时问他："嘿，您还不下船吗？"

"差不多了。"卡尔说，并对他微笑。

为了显示自己是个强壮的青年，他炫耀地将皮箱扛到肩上。然而当卡尔看见那男子在人群中挥着手杖渐行渐远时，却惊慌失措地发现自己的雨伞忘在了下面的船舱里。他立即叫住那人，请他帮忙照看行李箱，那人看来不甚乐意。卡尔看看周围的情况，确定回来的路之后，匆匆离去。他原本想走底下一条便捷的通道，但很遗憾，那通道被堵了起来，可能因为要让所有的旅客上岸用，所以他必须穿过无数的小空间，走过层层的楼梯，沿着曲折的走廊，穿过一间有荒凉书桌的空房，直到他完全迷失在这条只跟着众人走过一两回的路上。由于他的不知所措，加上一个人影也没有，他只听见成百上千人"沙沙"的脚步声，以及远处轮船熄火前的最后呵气似的转动声，他不假思索地随机敲响了一扇小门，好终止他的胡乱行走。

　　"门开着呀。"里面有人喊。卡尔深吸一口气，打开门。

　　"您为何如此疯狂地敲门？"一个身形高大的男人问卡尔，眼睛几乎没有瞧他。一道幽暗的光透过天窗垂落到凄清的舱房。里面有一张床、一个柜子、一张沙发和一个男人，像入库的货品般紧挨在一起。

"我迷路了。"卡尔说，"在航行中我完全没有注意到，这艘船原来这么大。"

"对，您说得没错。"男人的语气带有些许骄傲，双手不停摆弄一个小箱子的锁，他不断地按压，好听见锁扣上的声响。

"您请进！"男人继续说，"不用站在外面啊！"

"我不会打扰您吧？"卡尔问。

"啊，您怎么会打扰我！"

"您是德国人？"卡尔试着再确认一下，因为他时常听到一些刚抵达美国的人遭遇的危险，特别是他们会受到爱尔兰人的威胁。

"我是，我是。"男人回话，卡尔仍踌躇着。

男人突然抓住门把，将卡尔拉进来，然后迅速关上门。"我没法忍受别人从走廊这样看我。"男人说完，继续鼓捣他的箱子，"不希望每个人都经过、望进来，人的忍耐是有限度的！"

"走廊里明明空无一人啊。"卡尔说，不大舒服地挤在床边。

"可是现在有人。"男人说。

"明明说的就是现在呀，"卡尔心想，"跟这个男人说话真不容易。"

"您可以躺在床上，这样空间会比较大。"男人说。

卡尔尽量小心翼翼地爬上去，同时嘲笑自己刚开始想试着爬却失败的样子。他一上床就喊道："老天，我完全忘记了我的行李箱！"

"它在哪儿呢？"

"在上面的甲板上，有个人替我照看它。他叫什么来着？"他从暗袋掏出一张名片，那暗袋是母亲为了他的旅行安全缝在衬衣内里的。"布特鲍姆，弗兰茨·布特鲍姆。"

"您急需那箱子吗？"

"当然。"

"那您为什么要把它交给一个陌生人呢？"

"我把我的雨伞忘在下面了，所以跑回来拿，不想拖着箱子一起，结果却迷路了。"

"您一个人吗？没有伴儿？"

"对，一个人。"

"也许，我该向这个男人求助。"卡尔脑海中闪过这个念头，"我还能在哪里立刻找到一个更好的朋友呢？"

"您现在连箱子也弄丢了，雨伞就更别说了。"男人坐在沙发上，好像卡尔的事博得了他的些许注意。

"不过，我相信箱子应该还没丢。"

"相信的人有福喽。"男人一边说，一边用力搔着他短而密的深色头发，"码头换了，船上的道德也会改变。在汉堡，布特鲍姆先生也许会替您照看皮箱，但在这里的话，八成两样东西都不见踪影了。"

"那我得赶快上去看看。"卡尔说完，开始环顾四周，看自己能从哪个地方出去。

"您留下来吧。"男人说完，一只手抵住他的胸，有些粗暴地将他推回床上。

"为什么要这样？"卡尔生气地问。

"因为没有意义，"男人说，"不久我也要离开了，到时我们可以一起离开。箱子要不已经被偷，现在这样也无济于事；要不就是那个人把箱子留在了原地，那就要等船上的乘客清空了以后，才比较好找到。您的雨伞也一样。"

"您熟悉这艘船吗？"卡尔怀疑地问。在空船上比较容易找到东西的这个想法，看似容易说服人，实则隐藏着困难。

"我好歹是船上的司炉[2]！"男人说。

"您是司炉！"卡尔高兴地叫着，仿佛这超乎他的预期，他撑着双肘，端详着这个男人，"我跟一个斯洛伐克人睡在同一间舱房，那个舱房的前头开了一个舱口，透过舱口我可以看到机房。"

"对，我就在那边工作。"司炉说。

"我一直对技术很感兴趣，"卡尔说，脑海中若

2　司炉（der Heizer，英文 stoker），是指在蒸汽轮船底舱的轮机室工作的烧煤锅炉工人。19世纪中叶，烧煤的蒸汽船取代了长久以来由风力推进的帆船，司炉这项职业兴起；20世纪60年代，柴油机取代蒸汽轮机，司炉一职没落。

有所思，"假如我不必到美国来，以后我一定会成为工程师。"

"为何您得到美国来？"

"啊，别提了！"卡尔说着，把手一挥，表示这件事不值一提，同时微笑地看着司炉，好似在请求谅解这个难言之隐。

"一定有着什么原因。"司炉说。通过他的表情，我们无从判别他是否愿意听这个故事。

"现在我也可以当司炉了。"卡尔说，"我要当什么，对我的父母也无所谓了。"

"我的职位快空出来了。"司炉说得信誓旦旦，双手插在裤袋里，穿着皱皱的铁灰色皮裤的双腿跃上床去，伸展开来。卡尔只得靠向墙边。

"您要离开这艘船？"

"没错，我们今天就走。"

"为什么呢？您不喜欢这份工作？"

"嗯，这要看情况，喜欢或不喜欢往往不是决定性因素。不过您说对了，我不喜欢这份工作。您大概不是认真地想当个司炉，这样偏偏最容易当上。

我劝您别做这种决定。若您曾想在欧洲上大学，在这里念书有什么不可？美国的大学跟欧洲的大学相比简直好太多了。"

"这是有可能的，"卡尔说，"但我几乎没钱上大学。虽然我曾经读到过，有个人白天在一家店工作，夜晚读书，直到成为博士，他还成了市长，但我想这需要很大的毅力，不是吗？我害怕自己没有毅力。我向来也不是特别好的学生，所以离校对我而言一点儿也不难过。这里的学校也许更严格些。我几乎不会英文。我觉得这里的人也反感外来者。"

"您也听说了吗？那好，您就是我这边的人了。您看，我们正在一艘德国船上，它属于汉堡—美国航线³，为什么我们这边不全是德国人？为什么轮机长是罗马尼亚人？他叫舒巴尔。真不敢相信。这个

3　汉堡—美国航线（Hamburg-Amerika Linie）为德国"汉堡美国航运公司"（HAPAG，1847—1970）在19世纪末开设的轮船航线。19世纪下半叶，工业化兴起与技术的巨变带给欧洲社会经济危机，美国成为德国人向往的新世界。随着蒸汽轮船的兴起与美国航线开通，九成的德国移民视美国为未来。1871年至1885年，共有150万德国人搭乘轮船移民，占全国人口的百分之三点五。1899年，德国犹太航运大王阿尔伯特·巴林（Albert Ballin，1857—1918）就任汉堡美国航运公司总裁，旗下拥有175艘巨型轮船，成为世界上最大的航运公司。德国北部港口汉堡长期受欧陆依赖，到1910年已是仅次于纽约的世界第二大港。

无赖竟然在一艘德国船上压榨我们德国人！您不要以为——"他喘不过气，摆摆手，"——以为我是为了抱怨而抱怨。我知道您是个无钱无势的穷小子。但这真是太恶劣了！"他用拳头不住地砸桌子，同时目不转睛地看着。

"我在那么多船上服务过，"他紧接着一连说出二十艘船的名字，像在说一个词，卡尔听得头昏脑涨，"我的表现杰出，还被嘉奖说是符合众船长喜好的工人，我甚至在一艘商船上待了好几年。"

他振奋起身，好像那就是他人生的巅峰："不过在这鬼地方，一切事情都得按规矩来，完全不用脑袋，我在这里毫无用处，总是碍着舒巴尔先生办事，我是个懒鬼，只配让人赶出去，领的薪水只是别人的恩赐。您懂吗？我不懂。"

"您不可以忍受这些事。"卡尔激动地说。他几乎忘了自己身处在摇摇晃晃的舱板上，忘了自己正在某个陌生大陆的海岸边；他在这位司炉的床上如同置身家中。"您见过船长吗？您是否找过他主持公道？"

"您走吧，您最好走。我不想在这里看到您。您根本没有好好听我说话，就替我出主意。我为何要去找船长！"那位司炉疲惫地坐下，将脸埋在双手中。

"我没办法给他更好的建议。"卡尔对自己说。他本该去取自己的皮箱，而非在这里替别人出主意，况且还被认为是出馊主意。父亲将箱子交给他时，曾经半开玩笑地问："你打算拥有它多久？"而今这只昂贵的箱子也许真的丢了。唯一值得安慰的是，就算父亲打听起来，也几乎无法得知他现在的处境。轮船公司也只能说，他随船抵达了纽约。让卡尔觉得遗憾的是，皮箱里的东西几乎还没用过，尽管他的衬衫早就该换了。他在不对的地方白白节省了；如今他的新生活刚刚开始，正需要穿着光鲜地上场，他却得穿着脏污的衬衫现身。若非如此，那丢失的箱子也不算太可惜，因为他身上穿的西装比皮箱里的那套好得多；箱子里的那套西装是应急用的，母亲还特地赶在他出发之前缝补好。现在他还想起，皮箱里有一块意大利维罗纳熏肠，是母亲额外准备好收进箱子里的，旅途中他只能吃下一小块，因为他毫无胃口，而且在统舱⁴里分发的汤，分量已经很足了。现在他却巴不得手边能有这香肠，好献给这位司炉。因为对这类人只需施予小惠，便可博得信任，这是卡尔从父亲那边学到的；父亲通过给有生意往来的下属职员分送雪茄，获取了他们的支持。现在卡尔身上可以分送的东西只剩下金钱了，然而要是皮箱真的弄丢了，他觉得还是别动用这些钱比较好。他的思绪再次回到行李箱上。他真是想不通，如果这皮箱就这么轻易地被人拿走了，当初他何必在航程中那么小心地看管，如值勤般夜不能寐呢？他回想起那五晚，有个小个子的斯洛伐克人躺在他左边，跟他隔了两个床位，他一直怀疑这个斯洛伐克人在偷瞄他的行李。他窥探着，等卡尔终于禁不住疲惫开始打盹儿后，他就可以用那根白天一直把玩的长手杖，将行李箱钩到他身边去。白天，这个斯洛伐克人看起来非常

---

4 统舱（das Zwischendeck，英文 steerage）为蒸汽轮船底层的廉价舱，船费最低，每人一个铺位，没有独立的房间。

单纯，可一到夜晚，他便不时地在他的铺位坐起来，悲伤地往卡尔皮箱的方向张望。卡尔对这样的情况了如指掌，因为总有人时不时带着移民者的不安，不顾船上禁止点火的规章，点燃微微火光，试图读懂移民代办处令人费解的说明书；若是那火光在他的近处，卡尔便可以稍稍闭目养神；若那火光在远方或者暗处，他就得睁开眼睛，保持清醒。这样的紧张和劳累使他精疲力竭，如今也许是徒劳一场了。这个布特鲍姆，最好别让他再在哪里遇到！

这时，远方传来一阵短促的敲击声，打破了迄今全然的宁静，这声音仿佛是孩童的脚步，声响渐强，逐步靠近，最后变成男人们安静的行进声。他们显然是列队前进的，这在狭窄的通道里是再自然不过的事，人们听见如同武器碰撞般的哐当声。卡尔距离他们不远，躺在床上，四肢放松地伸展着，他好不容易逃离对皮箱与斯洛伐克人的忧虑而进入梦乡，却忽然被惊醒，他推了推司炉，好提醒他注意，因为那支队伍的队首似乎已经到了门口。

"这是轮船的小乐队，"司炉说，"他们在上面的演奏完毕了，现在要收拾行囊。一切都已就绪，我们可以离开了。您来吧！"他抓着卡尔的手，在最后一刻越过床，将墙上一帧裱框的小圣母像取下，塞进胸前的口袋，拿起他的行李箱，急忙与卡尔一同离开舱房。

"现在我去办公室，我会向那些人报告我的想法。这里已经没有旅客了，不需要有什么顾虑。"司炉以各种口吻反复说着，在行走中，他想踢死路上的一只老鼠，却一脚把它踢进了墙边的洞口，老鼠趁机钻进洞中。他的动作原本就缓慢，虽然他有一双长腿，但它们显得太笨重了。

他们穿过厨房的某个房间，看见几个女孩穿着脏兮兮的围裙，煞有介事地往圆木桶中喷水，好洗涤餐具。司炉把某个名叫丽娜的女孩叫到身边，手放在她的腰际，领她走一段路，她撒娇地抗拒他紧贴的臂膀。

"现在可以领工资，你要跟我一起去吗？"他问。

"为何还要我花力气？不如你帮我把钱带过来

吧。"她回答，然后从他的臂膀中钻出来，一溜烟跑走了。

"你是从哪里捡到这个美男子的？"她喊道，却无意得到回答。女孩们的笑声清晰可辨，她们都暂停了手边的工作。

他们继续走，来到一扇门旁，门的上方有个三角楣饰，里面有些镀金的女像柱。相较于船上的设备来说，这看上去太浮华了。卡尔发现自己从来没有到过这个区域，也许在航程中只有头等舱、二等舱的乘客才有资格到这里来。如今船舱需要清扫，隔离门已被拆卸。他们真的遇见了一些男人，他们将扫帚扛在肩上，与司炉打招呼。看到这种盛大的工作景象，卡尔感到惊讶；在统舱中，他自是难得发现这些。沿着通道，是一条条电线，还可以听见小钟的响声。

司炉恭敬地敲门，直到有人喊"进来"，才挥手作势要卡尔别害怕，尽管进去。卡尔也进去了，但是在门边站着不动。从房间的三扇窗户望出去，他看见海面上的波浪，在观察这些令人欢欣的波动时，他的心也跟着跳动，仿佛他在漫长的五天里从未如此毫无间断地看过海一般。几艘大轮船在海中交错穿梭，在它们的重力允许下，让波浪拍打着船身。若人们将眼睛眯起来细看，便会发现这些船正因巨大的重力而摇晃。它们的桅杆上悬挂着窄而长的旗子，虽然在航行中被绷紧了，却依然迎着风来回舞动。周围有礼炮的鸣响，也许是从某艘战舰上传来的；从不远处驶过的一艘船上，那钢制的炮管折射着光，闪闪发亮，像在安稳平静却又时有波澜的航行之中得到了娇宠、抚摩。人们只能从远方，至少从门边，来观察那些小船和快艇，看它们如何成群地驶入大船间的隙缝中。这一切景象的背后，矗立着纽约城，它以摩天大楼成千上万扇的窗户注视着卡尔。是的，在这间舱房，你能知道自己身处何方。

在一张圆桌旁，坐着三位绅士：一位是穿着蓝色制服的高级船员，另外两位则是港务局的官员，身穿黑色的美国制服。桌上层层叠叠，高高地堆放着各种文件，高级船员手中拿着笔，先粗略阅读，然后交给另外两位官员，他们时而阅读，时而摘录，时而将它们放进自己的公文包，不然就是其中一个官员，口中不停地发出细小声响，另一个则记录他同事所说的内容。

在窗边，有一位略显矮小的先生背对着门坐在办公桌前，他正在翻阅几本大账本，它们齐整地排列在和他额头齐高的厚重书架上。在他身旁，立着一只敞开的钱箱，一眼望去，里面大抵是空的。

第二扇窗前空荡荡的，视野最好。第三扇窗附近，有两位先生站在那里，小声地交谈。其中一位靠着窗，同样穿着船员制服，手里把玩着佩刀的刀柄。与他交谈的那人面朝窗户，他的身体不时动着，因而使另一个人胸前的一排勋章显露了几枚出来。他穿着便服，手持一根细细的竹手杖，由于他两手叉腰，那手杖远看也貌似佩刀。

卡尔没有太多时间注视这一切，因为一位仆役很快地向他们走来，并以质疑的目光询问司炉，那目光好似在说，他不属于这里，他究竟想干什么。

司炉同样轻声回答，说他想要与财务长说话。

仆役以手势拒绝了他的请求，却仍踮着脚尖，走了一个大圆弧，绕过圆桌，到阅读大账本的先生处。这位先生的表情一目了然，他眼睛瞪着仆役，听完他的话，终于转身看着这位想与他谈话的男人，随即挥舞双手，严正地拒绝司炉，为保险起见也向仆役挥手。仆役回到司炉边，以一种像是透露秘密般的声调对他说："请您立刻离开这个房间！"

听到这个回答，司炉低头看着卡尔，好像卡尔是他的心，可以让他默默地诉说生命的悲苦。卡尔不假思索，拔腿奔跑，横穿房间，他甚至轻轻抚过长官的沙发；那位仆役在后面追赶，弯着腰伸出双臂，好似在猎捕一只害虫，但卡尔已率先抵达财务长的桌旁，他的手紧抓着桌子，以免仆役将他拉开。

整个房间霎时充满生气。高级船员从桌边跳起来，两名港务局官员则镇定地凝神观望，窗边的两位先生比肩离开，仆役则因为高级船员的注意而向后退，毕竟此事已逾越他的管辖范围。站在门边的司炉，紧张地等待需要他出面帮助的那一刻。财务长终于在他的扶手椅上做出一个向右转的大动作。

卡尔从暗袋里掏出他的护照，并毫无顾忌地让这些人看见他的暗袋，他没有进行自我介绍，便兀自把护照打开，放在桌上。财务长显然觉得护照是次要的事情，他用两根手指将护照弹到一边，卡尔对这一形式上的程序感到满意，像办完事般把护照重新收进暗袋。

"容我说几句话，"卡尔开始发言，"我认为司炉先生受到了不公平的对待。这里有位名叫舒巴尔的先生亏待了他。他曾在许多轮船上工作过，每艘船的名字他都记得，大家也都极为满意他的成绩。他很勤奋，工作认真，使人不解的是，为何他在这艘船上的工作得不到认可？再说，比起商船，这里的工作量也没有特别繁重，可能只是恶意中伤的缘故，阻碍了他工作的开展与绩效的肯定，否则他本该拥有这些。我只讲了此事大概的情形，具体的申诉内容将由他本人提出。"卡尔的这番话是为了向在场的每一位先生求助，因为事实上所有人都在聆听，极有可能这些人当中会有一名正义之士，尽管主持正义的人应该是财务长才对。此外，卡尔非常机灵，并没有说出他和司炉其实才认识不久。而且，卡尔其实可以讲得更好，只可惜他站在现在的位置，不小心从这个角度初次瞥见了挂着竹手杖的先生涨红了脸颊，这扰乱了他的思路。

"他说的句句属实。"还没有人问起司炉，甚至转过头看他，他便说了这句话。幸好这位佩戴勋章的男人表示出愿意聆听司炉怎么说，不然司炉的过度冲动或许会酿成大错。卡尔这才恍然大悟，这位佩戴勋章的人应该是船长。这个人伸出手，向司炉喊道："您过来！"那声音如此坚定，像铁锤敲下去一般。现在一切就看司炉的态度了，卡尔一点儿也不怀疑正义是站在司炉这一边的。

值得庆幸的是，在这件事情上，司炉显露了他历经世事，明白事理。他镇定地从他的小箱子里掏出一捆纸以及一本记事本，泰然自若地走上前去。他完全忽略财务长，径直走向船长，将他的佐证资料在窗台上展开来。财务长别无他法，只得自己也凑过去。"这个男人只会找麻烦，"他解释道，"他在账房的时间比在机房长。他把舒巴尔先生这样一个内心平静的人也搞得绝望了。您听着！"他转向司炉："您的纠缠不休未免也太过火了。我们不知道已经将您从账房赶出去过多少次，您提出完全不合理的要求，无一例外，理当被如此对待。您从那里向总会计室跑了多少次！我们又有多少次对您好言相劝，说舒巴尔先生从来都是您的上司，您应该甘心乐意地做他的下属！您现在竟敢在船长出现的时候跑来，您羞不羞耻，还这样骚扰他，甚至还敢带这个我从没见过的小伙子来，教他帮您转达那些荒唐的指控！"

卡尔克制住自己的行为，没有猛然跳出来。不过船长已经在这里说话了："我们不妨来听听这个人怎么说。反正我觉得舒巴尔先生是越来越我行我素了，不过这并不代表我在为您说话。"最后一句是对司炉说的，当然他不能立刻站在司炉这边，不过一切看来都各得其所了。司炉开始解释，一开始就克制了情绪，他以"先生"称呼舒巴尔。站在被冷落的财务长的办公桌旁，卡尔感到非常高兴，他压着桌上称信件用的天平，自娱自乐起来。——舒巴尔先生不公平！舒巴尔先生偏爱外国人！舒巴尔先生将司炉逐出机房，让他去打扫厕所，那根本不是司炉的工作！——有一次，连舒巴尔先生的能力都被质疑成了表面功夫而非实际存在。说到这里，卡尔用尽全力注视船长，眼神亲切得仿佛是他的同事，只为让他不因司炉说得颠三倒四而有负面的印象。无论怎么说，从这一大堆话中，人们听不出什么事实的端倪。虽然船长直直地向前望，流露出坚定的眼神，决意这次要将司炉的话从头到尾听完，但是其他先生开始不耐烦，司炉的声音随即在这空间里失去了掌控力，这可是件使人害怕的事。穿便服的先生率先挥动他的小竹杖，轻敲着地板。其余几位则环顾着，显得有点儿急的港务局的官员们又拿起公文夹开始翻看，尽管有些心不在焉；高级船员将桌子挪得近了些；自认为获胜的财务长，则以嘲弄的姿态深深地叹了一口气。唯有那位仆役不受周遭散乱情境的影响，保持镇定，对置身于这些大人物当中的可怜男人表示些许同情，并且严肃地对卡尔点头示意，好似他想解释什么事情。

　　窗外码头的景致始终热络。一艘平底货船驶经，房间因此变得一片漆黑，船上有堆积如山的圆桶，它们堆放齐整，不至于滚落；一艘小小的摩托艇笔直地向前行，挺立于船舵旁的男子双手抖动着；若卡尔现在有时间，必定会端详那艘摩托艇；奇特的水上漂浮物在不安的水面上四处起伏，旋即被淹没，在惊异的目光下沉入水中；远洋轮船的快艇在水手们的奋力工作下向前划行，上面满载乘客，仿佛被硬塞进去一般，他们满怀期待、静静地坐着，尽管有些人无法忽视眼前变换的风景，屡屡回望。一种永无休止的移动，一种骚动，由这不安定的自然力传递给无助的人类，感染着他们的行动！

　　但一切都催促着快速、明确与精准的表达，但司炉做了什么？他讲话讲得满身是汗，颤抖的双手早已无法握住窗台上的文件。对舒巴尔的抱怨声从四面八方向他涌来，这些言论在他看来，每句话都足以将舒巴尔完全埋葬，然而他能向船长表达的却只是一个令人悲伤且杂乱无章的集合体。拿小竹杖的先生早已对着船舱顶轻轻吹起口哨，港务局的官员们则拉住高级船员，让他靠在他们的桌前，脸上的表情全无放开他的意思，财务长显然由于启航前船长的镇定而显得退却，仆役则战战兢兢，时刻等待着船长下达给司炉的每一道命令。

卡尔再也不能坐视不管了。他慢慢走向那群人，边走边思索着该如何尽可能地以利落明快的方式处理事情，脚步因而更快了。的确到了最重要的时刻，只要再待一会儿，他们两人便有可能双双被逐出办公室。卡尔此时感到，船长或许是个好人，他可以拿任何一个理由来证明自己是个公正的上司，可是他毕竟不是让人玩弄于股掌之上的工具——司炉正待他如此，他的内心有着无限的愤怒。

卡尔对司炉说："您必须言简意赅地描述事情，否则依照您现在的陈述，船长无法做出评断。船长怎么会知道所有轮机长和杂役的名字，甚或洗礼教名呢？难道只要您说出其中一个名字，他便会马上知道您在说谁？请您务必好好厘清抱怨的内容，先说出最重要的点，依序再讲别的，也许到时候，大多数事情也无须再被提及了。您对我说的事不是一直非常清楚吗？"如果在美国，人们可以任意偷皮箱，那么一定也可以任意撒谎。他心想着，这是他给自己的托词。

要是这能帮上忙该有多好！还是一切已经太晚了？虽然一听见熟悉的声音，司炉当即停止了说话，他的眼睛里却充满了被侮辱的男性的泪水，可怕的回忆与当下极大的苦痛遮蔽着他的双眼；使他再也无法看清卡尔的面貌了。他何须在此时——在此时忽然改变他的说话方式——卡尔大抵在这位沉默者的面前默默看清了这一点，因为他感到一切该说的都让他说了出来，即使人们完全无动于衷，仿佛在他看来其实什么也没有说，却也不能强求这些先生听取这一切。在这样的时刻，他唯一的追随者卡尔还是来了，卡尔想要给他一些劝言，最后却没有这样做，反而告诉他，这一切都完了。

"要是我不看着窗外，早点儿来就好了。"卡尔自语着，他在司炉面前垂头丧气，双手紧贴裤缝，仿佛一切希望已告终结。但是司炉误解了卡尔，并从卡尔身上嗅出了隐隐的自责，出于善意，他开始劝阻卡尔，而且行为变本加厉，和卡尔争执起来。此刻，圆桌旁的先生们早就对这无谓的喧闹感到愤怒了，那喧闹打扰了他们重要的工作。财务长对船长的耐性逐渐感到不可思议，仿佛情绪很快就要爆发；仆役则置身于主人的领地，以野性的眼光打量着司炉；手持小竹杖的先生总是受到周遭人甚至是船长的友善目光，他对司炉已经完全麻木，并且开始厌恶司炉，他掏出一个小笔记本，显然他还忙着其他事情，眼神在笔记本与卡尔之间来回流转。

　　"我知道，我知道了。"卡尔一边说，一边试图抵挡司炉滔滔不绝、如巨浪般向他袭来的话语。尽管出现了这些争执，卡尔还是对司炉留有一丝友好的微笑："您说得对，对，我从来没有怀疑过它。"卡尔真希望能够止住司炉挥舞的双手，以免他出手伤人，或者宁可将司炉推到某个角落，轻声安抚他，说些其实没人听得见的话。但司炉已经激动得无法控制。卡尔开始从自己的思虑里寻得某种安慰——他想到司炉在危急之时，可以用绝望的力量将在场的七个人征服。诚然，人们一眼即可瞥见办公桌上的一块板子，上面有密布的电子仪表和按钮，只消按下它们，便能够让整艘船，连同挤在走廊里相互仇视的人群，发起一场暴动。

持着小竹杖的男人却是一脸淡漠，他走上前去询问卡尔，音量不大却明显盖过司炉叫喊的声音："您究竟叫什么名字？"就在此时，有人敲门，仿佛在门后正等待着先生的这句话。仆役望向船长，船长点点头，仆役随即过去开门。外面站着一名穿着旧式服装的男子，他的身形中等，外表看来其实并不像在机房工作的人，而他正是——舒巴尔。眼前每个人的眼睛里都显露出某种满意的神色，船长也不例外，即便卡尔没能察觉出这些，他必定也能够从惊惧的司炉身上看出来——司炉伸直手臂握紧拳头，好似这么握拳是他人生中最重要的一件事，随时准备慷慨就义。所有的力量就此积聚着，包括支撑着他挺立起来的那股力量。

这位就是敌人了，他自在地穿着宴会西装，格外光鲜，腋下夹着一本工作簿，里面大概是司炉的薪资单和出勤登记证。他以毫不胆怯的姿态依序看着每个人的眼睛，以表示自己想了解每个人的心情。这七个人已经是他的朋友了，因为即便先前船长曾经对他有所反对，又或者这些反对只是借口，但自从被司炉指控之后，舒巴尔就算犯了再大的错误，也觉得无可指摘了。对待像司炉这样的男人，再怎么严厉也不为过，若说有什么要责备舒巴尔的话，大概就是他在这段时间没有扼制住司炉的反抗念头，致使司炉今天仍胆敢出现在船长面前。

如今人们也许还可以认为，司炉与舒巴尔在这些人面前的对质，将会如同在高等法庭的对质一般，因为即使舒巴尔善于伪装，也一定无法坚持到最后。他的恶行只要稍微闪现，便已足够让这些先生看清他，对此卡尔想要好好关照一番。他已经摸清了每位先生的脾性、缺点与洞察力，从这个观点来看，他迄今在此度过的时间都没有白白浪费。如果司炉在他的岗位上表现得更好，那该有多好，可是他现在已经显得毫无斗志了。如果此刻有人将舒巴尔推到他的面前，他定会巴不得一拳敲进他可恨的脑袋里。但是如果让他朝着舒巴尔前进几步，他完全无能为力。舒巴尔最终还是会来，就算他不情愿，船长也会叫他来——这样一件简单的可以预料的事情，卡尔怎么会没有预料到呢？为什么他没有在来时的路上，和司炉谈定一个详细的作战计划，而是如他们实际上所做的，完全不假思索地随便见到一扇门就闯进去呢？司炉究竟能够说话吗？说是与不是？就像在接受盘问的时刻、情况有利的时候所应有的表达。他站在那里，双腿叉开，膝盖无所适从，头微微抬起，空气在张开的嘴里自由流通，仿佛他的体内没有加工处理空气的肺。

卡尔却感到自己充满力量、理智且清醒，也许他在家从未有过这样的感觉。但愿他的父母还能够见到他，看他在异国他乡，如何在有名望的人士面前捍卫好的价值，尽管他还没有让这些价值获胜，却已经对最后的一场争夺战做了最好的准备！他们是否会修正对他的看法？是否会接纳并且称赞他？是否会看一眼，看一眼那双对他们谦恭顺从的眼睛？净是些没把握的问题和不恰当的时机！

"我来，是因为我觉得司炉在指控我某些地方不诚实。厨房里有个女孩告诉我，说她看见他往这边跑过来了。船长及各位先生，我已经准备好用我手边的书面资料了，必要时通过客观中立、不带偏见的证人的供词来反驳每项指控。"舒巴尔这么说。这就是一个男人清楚扼要的谈话，当聆听的人们改变了脸上的表情后，我们便能相信，经过了这么久的时间，他们终于再次听见了人类的声音。他们自然没有注意到，就连这场漂亮的谈话也会有漏洞。为什么他想到的第一个具体的词会是"不诚实"？也许本该在此提出这样的指控，而不是以民族偏见来指控他？厨房里的一个女孩看见司炉走进办公室，于是舒巴尔立刻全明白了？不正是那样的内疚感使他神志清醒吗？他不是立即带了证人前来，并且声称他们客观中立、不带偏见？这是欺骗，完全是欺骗！而这些先生竟然容忍，还承认那是正确的行为？他怎么会让自己在厨房女孩的通报和他的抵达之间，白白浪费那么多时间呢？然而，不为其他目的，只为了让司炉把先生们搞得疲惫，致使他们渐渐失去明确的判断力——明确的判断力正是舒巴尔特别害怕的事。他定是在门后站了许久，由于那位先生提了个无关紧要的问题，他知道司炉完蛋了，所以才在这个时刻敲门？

一切都明晰了，都通过舒巴尔背离自己的意志而彰显出来，但是必须用其他方式向先生们指出事情的真相。他们需要被唤醒。那么，卡尔，快，在证人上场并将一切淹没之前，至少现在要把握好时机！

然而，此时船长正向舒巴尔挥手示意，舒巴尔立即把自己的事情搁置，走到一旁，与凑近他的仆役轻声说话，同时以眼角余光看着司炉和卡尔，还不忘比出自信的手势。舒巴尔看似正在准备他的下一场演说。

"雅各布先生，您刚才不是有事情要询问这位年轻人吗？"船长在一片寂静之中对手持小竹杖的先生说。

"当然了。"他说着，微微欠身表达感谢，然后再次问卡尔："您究竟叫什么名字？"

卡尔以为，如果这位执拗提问者的意外状况能够尽快获得解决，便会对这件重大的事情有利，他并没有依照以往的习惯，先翻出护照，出示它以自我介绍，而是简短地回答："卡尔·罗斯曼。"

"不过，"那位被称为雅各布的先生欲言又止，他几乎难以置信地微笑着退后了几步。即便是船长、财务长、高级船员，甚至仆役，都因着卡尔的名字而展现出万分惊讶。仅有港务局的官员们与舒巴尔的表情显得淡漠。

"不过，"雅各布先生重复道，拖着些许僵硬的步伐走向卡尔，"这样一来，我就是你的舅舅雅各布，而你是我亲爱的外甥了。难怪我一直有这样的预感！"他说给船长听，紧接着对卡尔又亲又抱，卡尔只是默默地任其所为。

"您叫什么名字？"卡尔在感觉自己被放开后这样问，口气非常礼貌，却不带感情，致力于判读这个新事件会带给司炉的后果。目前没有任何迹象表明，舒巴尔能从这件事情当中获益。

"年轻人，这可是您的福气。"船长说，他以为卡尔的问题伤及了雅各布先生的人格尊严；雅各布先生靠向窗边，显然是想避免让人看见他激动的脸庞，为此他也用手帕轻抚着脸颊。"这位是参议员爱德华·雅各布先生，他自称是您的舅舅。我想您此后将会拥有一个璀璨的前程，这大概是您始料未及的。您可要看清楚，一开始就遇到好事，要克制啊！"

"我确实有个叫雅各布的舅舅在美国。"卡尔转身对船长说，"可是如果我理解得没错的话，雅各布只是参议员先生的姓。"

"正是如此。"船长充满期待地说。

"嗯，我的舅舅雅各布是我母亲的兄弟，他受洗礼的教名是雅各布，他的姓氏当然和我母亲的一样，出生时的本姓是本德尔迈尔。"

"诸位先生！"参议员惊呼，他刚从休息的窗边愉悦地返回。除港务局官员外，所有人都放声笑了，有些人是因为感动，有些人则无法捉摸。

"我刚才所说的话不至于那么可笑吧？"卡尔心想。

"各位先生，"参议员重复道，"你们违背了我自己与你们的意愿，参与了这场小小的亲人会面，因而我不得不在此向你们解释，因为据我所知，只有船长——"所言至此，双方紧接着相互鞠躬，"只有船长悉知此事。"

"如今我真要注意他的每一句话了。"卡尔自忖，同时感到高兴，因为他以眼角余光发现司炉渐渐恢复了生气。

"我居留在美国这么多年来——'居留'这个词实在不适合我这样一心一意的美国公民——这么多年来，我的生活早已完全脱离了欧洲的亲戚，因为种种理由，第一个理由在这个场合我不便说，第二个理由讲出来实在会伤我元气。我甚至害怕这个时刻来临，害怕到时候会被迫将这些原因说给我亲爱的外甥听，同时还要无可避免地公开说到他的父母和亲属。"

"他是我舅舅，这毫无疑问。"卡尔自忖着并仔细聆听，"也许他改了名字。"

"我亲爱的外甥如今是被他的父母——我们只

用这个可以确实说明的词——丢掉[5]了，就像人们把一只惹人生气的猫扔到门外那样。我绝不粉饰我外甥做了什么令他受到如此惩罚的事情，他的罪咎却是一旦说出，便包含了足够申辩的理由。"

"这话说得好，"卡尔忖度着，"但我不愿意他说出所有的事。况且他也不会知道这些。他究竟是从何得知的呢？"

"原来他被——"舅舅接着说，身体微微前倾，撑住立定在他跟前的小竹杖，好去除对于此事而言不必要的庄重气氛，然而这动作真的起了效果，否则，在这种场合下，这样的气氛是绝对少不了的，"原来他被一位名叫约翰娜·布鲁默尔，年约三十五岁的女仆诱惑了。我绝不愿意用'诱惑'这个词来伤害我的外甥，但是要找到另一个适当的词确实很困难。"

卡尔已经走到离舅舅相当近的地方，他在这里转身，想看看听完这个故事以后在场的人们会有怎

---

5 此处的动词"beiseiteschaffen"有多种意思，除"赶到一旁、藏起来"之外，另有"杀害、谋杀"的意思。

样的表情。没有人笑，大家都耐心且严肃地听着。毕竟也没有人会嘲笑一名参议员的外甥，即便像现在这样初次见面。倒不妨说，司炉在对卡尔微笑，尽管只是浅浅的微笑，却因为它所代表的新的生命迹象而使人感到可喜，再者它也是可以被原谅的，因为卡尔在船舱之中曾对这件如今已被公开的事情保密到底。

"后来，这位布鲁默尔小姐，"舅舅继续说，"怀了我外甥的孩子，是个健康的男孩，受洗礼时得到了雅各布这个名字，毫无疑问，这个名字是要纪念敝人的，尽管我外甥定是约略提到过我几回，且不是什么重要的话题，却在女孩心中留下了深刻的印象吧。真是幸运啊，我得说。由于他的父母为了逃避私生子抚养费，或者逃避其他殃及他们的种种丑闻——在这里我必须强调，他的父母既不是因为不懂那边的法律，也不是因为其他状况，而是只想逃避私生子抚养费和儿子，也就是我亲爱的外甥的丑闻，所以他们把他送到美国。如人们所见，他带着窘困的行李装备，要不是他奇迹似的一路撑到美国，那么这男孩很可能会孤苦无依，流落在纽约港边的小巷。若不是因为一封由女仆写给我的信辗转于前天寄到我的住处，告诉我全部的实情，连同我外甥的外貌特征，并且很明确地提到这艘船的名字，我就不会知道这一切。若你们认为我是在特意娱乐你们，那么我也可以将信中的几个段落，"他从口袋中抽出两大张写得密密麻麻的信纸，在空中挥舞，"在这里念出来给你们听。你们听了一定会心有所感，因为那封信是以一种始终怀着好意的精明，以及怀着对孩子爸爸的爱写成的。而我在此提出解释的目的并不是想要娱乐你们，更不是想在迎接我外甥的时候伤害他的感情，若他愿意，大可以一个人静静地在为他备好的房间里读它，好吸取教训。"

　　卡尔对那个女孩却没有什么感情。某个不断退却至往昔的记忆涌上来，她坐在她的厨房里，一只手肘倚在橱柜上。在他偶尔为父亲倒水，或是依母亲吩咐走进厨房的时候，她总凝视着他。有时她歪斜地坐在橱柜桌边写信，并且从卡尔的脸上拾得灵感。有时她用手捂住双眼，对外面的一切置若罔闻。有时她在厨房旁自己窄小的房间里跪坐，在一只木制的十字架前祈祷；卡尔观察着她，然后羞怯地走过她细细敞开的门缝。有时她在厨房里来回奔忙，当卡尔挡住去路时，她便笑得像个女巫，然后退回去。当卡尔走进来时，她有时会关上厨房门，手握住门把久久不肯放开，直到他要求离开。有时她会拿来卡尔一点儿也不想要的东西，默默地塞进他的手里。曾有一回，她唤他"卡尔"，然后扮着鬼脸一边叹息，一边领着仍对此称呼感到惊讶的他进到她的小房间，并且锁上房门。她紧紧环抱着他的脖子，然后请他为她宽衣，实际上她已替他宽衣解带，并且让他躺在她的床上，仿佛此后她再也不让任何人碰他；她抚摩他、爱护他直到销魂欲死。"卡尔，噢，你是我的卡尔！"她喊道，仿佛她看见了他并确认自己占有了他，而他却什么也看不见，置身于过于暖和的被褥当中显得不是很舒服，那些棉被看来是她特意为他铺的。然后，她也躺在他身边，想要从他身上得知一些秘密，但他什么也无法向她说，她随即或开玩笑或严肃地恼火了，她摇晃着他，听他的心跳，也将她的胸脯迎上去让他听，却无法让卡尔听话，于是她将赤裸的肚腹抵住他的身体，双手开始寻索，卡尔感到厌恶，让头与脖子在摇晃之中抽离枕头，那肚腹又迎着他的双腿之际撞了几下——他感受到她成为他自身的一部分，或许正是这个原因，使他被一种可怕的、急需救助的情绪攫住。最后，在她多方表达再次约会的心意之后，他哭着回到自己的床上。这就是事情的全部过程，而舅舅很会把这件事大肆渲染。这位厨娘也想到了舅舅，并且告诉他卡尔抵达的时间。这件事情她办得漂亮，他应当再报答她一次。

"而现在，"参议员喊，"我要在大庭广众之下听你说，我是不是你的舅舅。"

"你是我的舅舅，"卡尔说着，同时亲吻他的手，卡尔的额头也被回吻了一下，"我非常高兴见到你，但如果你认为我的父母只讲你的坏话，那你就错了。但是撇开这些，你说的话里也有一些错误，我的意思是说，你身在这里，确实也不可能把事情判断得那么准确。不过我也觉得，如果各位先生听了一些与他们无关的事情的细节，尽管里面有些细节有误，对他们也没有大碍。"

"说得好，"参议员说完，将卡尔领到极为关注情况的船长面前问，"我这不是有个了不起的外甥吗？"

"我很高兴，"船长鞠躬答道，这样的姿势只有受过军事训练的人才能做得出来，"很高兴能够认识您的外甥，参议员先生。为这样的相聚提供场所，这对于我的船来说也是莫大的荣幸。不过在统舱的旅程肯定很不舒服，啊，天知道在那里有谁一起搭乘？所以，现在我们竭尽所能让统舱的乘客感到轻松舒适，特别是美国各大航线，但若要让这趟航程变成愉悦的享受，我们还得好好加油才行。"

"这对于我来说无妨。"卡尔说。

"这对于他来说无妨。"参议员笑着，大声复述着。

"我只怕我的行李箱丢了——"同时他想起了一切发生过的事以及待做的事。他环顾四周，看见在场的人都因为尊重和惊讶而默默地留在原位，眼睛盯着他。人们只要看看港务局官员们严厉且自满的脸庞，就可以发现他们因为来得不是时候而感到遗憾，如今他们身前的怀表也许比房里一切正在发生和即将发生的事重要得多。

奇特的是，继船长之后，第一个表达关切的是司炉。"由衷地恭喜您。"他一边说，一边和卡尔握手，想借此表达赞许之意。当他后来也对参议员用同样的方式寒暄时，参议员向后退了一步，好似司炉逾越了他的权力，于是司炉停了下来。

此时，其他人仿佛意会到自己接下来该做的事，当即在卡尔和参议员身边形成一片纷乱的图景。于是发生了后来的事——卡尔甚至得到了舒巴尔的祝贺，他接受并且致谢。当一切渐渐平静，港务局官员才最后走过去，说了两句英语，给人留下了滑稽可笑的印象。

于是，参议员开始兴致勃勃，想将全部趣事一股脑儿地说出来，包括记忆里一些不重要的时刻和琐碎小事，大家自然是耐心且兴致高昂地听着。他特别指出，他曾将厨娘信中提及的那些卡尔显著的识别特征写在他的记事本上，以备不时之需。而今在司炉喋喋不休的时刻，因为一时无法忍受，他掏出笔记本，不为别的，只想让自己分心，他开始寻找厨娘描述的段落，来和卡尔的外表做一番对照，作为娱乐以打发时间，当然厨娘的观察并不见得如侦探般细密与准确了。"我是这样找到我的外甥的！"他结束说话，口气仿佛还期待着再次的道贺。

"司炉接下来会有什么下场呢？"卡尔问，并不理会舅舅最后说的那些话。他以为自己处在一个新的位置以后，就可以畅所欲言。

"司炉会有他应得的下场，"参议员说，"也是船长先生认可的好的下场。我觉得我们已经受够了司炉，真的受够了，在场的每位先生一定会同意我的说法。"

"这是关于公正的问题，和你们受够与否一点儿关系也没有。"卡尔说。

他站在舅舅和船长之间，心想或许通过这样的位置可以左右他们的决定。尽管如此，司炉看似对自己不再抱希望了。他将半只手插进裤腰带，由于情绪激动，裤腰带连同花衬衫的条纹一起露了出来。他一点儿也不以为意；他已经一股脑儿地说出自己的苦楚，人们也应该看看穿在他身上的破衣裳，再将他抬出去。他想象舒巴尔与仆役，这两个身份最低的人将会送他最后一程；于是舒巴尔将获得安宁，不再陷于绝望，像财务长表达的那样。船长便可以大方地雇罗马尼亚人，四处都有人说罗马尼亚语，也许这样一切真的会变好。司炉再也不会到总会计室来唠叨不停，而他最后的唠叨将留在人们友善的回忆里，因为他唠叨的那些话，将如同参议员清楚说明的那样，成为辨认外甥的间接诱因。其实这位外甥先前经常有事情寻他帮忙，光凭这些曾有的协助，两人在相认的时候就早该好好致谢；司炉现在也还没有想到，要向他要求些什么。况且就算他是参议员的外甥，身份可也是远远不如船长呢，然而那句可怕的话最后却是从船长的口中说出来的——基于这样的想法，司炉也试着不望向卡尔那边，只可惜在这敌人的房间里，他的目光便显得无处安放。

"别误解了实际情况，"参议员对卡尔说，"这事情也许关乎公正，同时也关乎纪律。这两者，特别是后者，还是要看船长先生的评断。"

"原来如此。"司炉自语着。察觉并且理解这其中道理的人，便会露出诧异的笑容。

"再者，我们已经耽误船长先生不少公务时间，他刚刚抵达纽约，一定累积了不少事情要处理，此刻我们得赶紧离船，以免在这里惹是生非，卷进两个机师间不必要且微不足道的争吵。亲爱的外甥，我明白你的办事方式，而且非常明白。正因如此，我也被赋予权力尽快从这里把你带走。"

"我会立即为您放一艘快艇。"船长说着，丝毫不管卡尔的诧异，同时也不对参议员的话提出任何反对意见。那些话毫无疑问，可以看作参议员的自我贬低。财务长急匆匆地奔向办公桌，通过电话下达船长的命令给快艇长。

"时间很紧迫，"卡尔忖度着，"要是不冒犯任何人，我就什么事也干不成。现在我也不好离开舅舅，他好不容易找到了我。船长虽然很礼貌，那也不过是表面功夫罢了。一讲到纪律，便顾不得礼貌了，舅舅定是和他推心置腹谈了不少。我不愿意与舒巴尔说话，我甚至开始懊恼自己跟他握过手。而其他人则毫无用处。"

他边想边慢慢走向司炉，将司炉的右手从裤腰带里拉出来，握在自己手中拨弄着。"你为什么不说话？"他问，"你为什么要忍受这一切？"

司炉眉头深锁，仿佛还不知道自己该说些什么，同时低头看着卡尔和自己的手。

"你受到的待遇太不公平，船上没有人像你这样，这我很清楚。"卡尔的手在司炉的指缝间游移，司炉四处张望，眼里泛着光，仿佛遭逢狂喜之事，又害怕招致他人嫉妒与怨怼。

"你要保护自己啊，明确地说出是或否，否则没有人会知道事情的真相。你要答应我，照我说的做，基于许多理由，将来我恐怕没法再帮你了。"于是卡尔哭了，亲吻着司炉的手，他抬起那只早已靰裂且毫无生气的手，紧贴在自己的脸颊上，他待它仿佛一件终将放弃的珍宝——此时，参议员来到他身旁，以些许强制的力量将他拉开。

"司炉似乎把你迷住了。"他说，眼神越过卡尔的头顶，了然于心地望着船长，"你从前感觉孤独，自从遇见司炉之后，你便觉得非常感激，这是很值得赞许的。但你可别太过头，就当是为了我，你要明白自己的身份。"

门外响起一阵喧闹声，有人喊叫着，甚至有人被粗暴地撞上门。一名水手进来了，有些不修边幅，身上围着一件女佣围裙。"有人在外面。"他一边喊道，一边用手肘到处碰撞，仿佛他还身处熙攘拥挤的人群中。终于他缓过神来，想要向船长行礼，却发现了自己身上的女佣围裙，赶紧扯下它扔到地板上，喊着："真是恶心！他们竟然帮我穿上了女佣的围裙。"然后他迅即并拢脚跟行礼。有人忍不住想笑，此时船长严厉地说："我看这里似乎很快活。究竟是谁在门外？"

"他们都是我的证人，"舒巴尔上前一步说，

"我恳求您原谅他们的不当举止。这些人时常在航程结束的时候显得疯狂。"

"把他们立刻叫进来！"船长命令道，又马上转身对参议员说道，态度有礼却急促："尊敬的参议员先生，请您与令外甥随这位水手离开，水手会领着您二位前往快艇。参议员先生，与您结识是何等愉快，何等荣幸，自然是不必说了。我只希望能够尽快获得机会，与参议员先生您继续商讨美国海上舰队的情形，届时我们的谈话也许又会像今天一样，愉快地被打断。"

"目前我有这样一个外甥已经足够。"参议员笑着说，"您的和蔼与盛情使我们万分感谢，请您务必接受我们的谢意，并且多保重。顺道一提，我们将来并非不可能——"他真诚地拥抱卡尔，"在下次欧洲旅行的时候，与您有更多的时间相见。"

"那样我会非常高兴。"船长说。两位先生相互握手道别，卡尔只能安静且仓促地碰过船长的手，因为船长接下来还有大约十五个人要面对，他们在舒巴尔的率领下虽然显得有些慌忙，却也大模大样地进来了。水手请求参议员允许自己走在前面，分开眼前的人群，好让参议员与卡尔穿过鞠躬致意的人们。看来，这些还算好心的人将舒巴尔与司炉之间的争吵当作一场戏，而可笑的戏码从未停止，甚至演到船长面前了。卡尔在人群中注意到了厨娘丽娜，她正兴高采烈地对着他眨眼，身上围着被水手扔掉的围裙，因为那是她的。

他们继续跟着水手走，离开办公室，转进一条小通道，再走几步路便来到一扇小门前；从那扇小门出去，有一道短梯通往为他们备好的快艇。快艇上的水手们，在长官一跃而下的时候纷纷起立行礼。在参议员提醒卡尔下楼务必小心时，卡尔竟然在最上面的阶梯号啕大哭起来。参议员右手托起卡尔的下巴，紧抱住他，用左手抚慰他。于是他们慢慢地走下台阶，紧靠着踏进了快艇，参议员刚巧在自己对面为卡尔觅得了一个好位置。参议员给出一个手势，水手们立刻将快艇驶离大船，全力划行。离开大船不出几米远，卡尔便意外发现，他们的位置正朝向大船总会计室的窗边。三扇窗皆被舒巴尔的证人占据，他们以最友好的姿态挥手致意，参议员还表达了谢意，一名水手甚至表演特技：一只手能让船桨不住地划动，另一只手又能同时给出飞吻。从这一切来看，司炉仿佛已经不存在了。卡尔盯着舅舅的眼睛，两人的膝盖几乎要碰上了。这时，他忽然开始怀疑此人是否能够取代司炉。舅舅同时也避开他的目光，望向波浪，快艇在其中翻腾。

卡夫卡年表

- **1883年**

  7月3日，弗朗茨·卡夫卡生于波希米亚王国首都布拉格。波希米亚王国的范围大致相当于今天捷克共和国摩拉维亚地区以外的地方，当时隶属于奥匈帝国。

  卡夫卡的父亲赫尔曼·卡夫卡（Hermann Kafka, 1852—1931）出身贫寒，是捷克犹太商贩，母亲朱莉·洛维（Julie Löwy, 1856—1934）出身犹太中产之家，受教育程度不高，仅能从事主妇之职，协助丈夫经营妇女美妆用品店。

  卡夫卡有三个妹妹，分别为爱莉·卡夫卡（Elli Kafka, 1889—1942）、娃莉·卡夫卡（Valli Kafka, 1890—1942）和奥特拉·卡夫卡（Ottla Kafka, 1892—1943），她们都在"二战"期间死于纳粹集中营。大妹与二妹于1941年10月被送往波兰洛兹（Lodz）的犹太集中居住区，翌年死于库尔姆（Kulmhof）集中营；小妹于1943年死于奥斯维辛－比克瑙（Auschwitz II-Birkenau）集中营；另有两个弟弟，皆在幼年病逝。

- **1889年（六岁）**

  就读于弗莱许广场（Fleischmarkt）的德语小学。

  9月，大妹爱莉出生。

- **1890年（七岁）**

  9月，二妹娃莉出生。

- **1892年（九岁）**

  10月，小妹奥特拉出生。

- **1893年（十岁）**

  进入旧城德语中学就读。与家人住在柴特纳街。

- **1901年（十八岁）**

  夏天，中学毕业。

  秋天，入布拉格卡尔－费迪南大学（Karl-Ferdinands-Universität），当时也称布拉格德语大学（Deutsche Universität Prag）就读；

  起初修习化学、日耳曼语言文学与艺术史，后改习法律。

- 1902年（十九岁） 暑假，在波希米亚西北部城镇里波荷（Liboch）与特里施（Triesch）的舅舅家度过，其舅舅西格弗里德·洛维（Siegfried Löwy）为一名乡村医生。

  10月，在大学初认识捷克犹太作家与评论家马克斯·布罗德（Max Brod, 1884—1968），后成为莫逆之交。

- 1904年（二十一岁） 撰写短篇小说《一场战斗纪实》（Beschreibung eines Kampfes），此为卡夫卡现存最早的作品。与犹太作家马克斯·布罗德、奥斯卡·鲍姆（Oskar Baum, 1883—1941）、费利克斯·韦尔奇（Felix Weltsch, 1884—1964）等开始固定聚会，交往密切。

- 1906年（二十三岁） 10月，开始在布拉格地方与刑事法庭实习，为期一年。

- 1907年（二十四岁） 撰写《乡村婚礼筹备》（Hochzeitsvorbereitungen auf dem Lande）。

  10月，受到舅舅推荐，进入布拉格"忠利保险公司"担任临时雇员。随家人搬迁至尼可拉斯街。

- 1908年（二十五岁） 3月，在《许培里昂》（Hyperion）文学双月刊发表八则小短文，后收录于《沉思》（Betrachtung）。

  7月，离开"忠利保险公司"，入"劳工事故保险局"任职，它是波希米亚王国的半官方机构，卡夫卡在此工作至1922年，长达14年之久。

- 1909年（二十六岁） 春夏之际，开始着手写日记。

  9月，与布罗德兄弟（Max und Otto Brod）同游意大利北部，于布雷西亚（Brescia）观赏飞机试飞，写成短篇游记《布雷西亚的飞机》（Die Aeroplane in Brescia），不久发表于布拉格的德语报纸《波希米亚日报》（Bohemia）。

  秋天，编修《一场战斗纪实》第二版。

- 1910年（二十七岁） 3月底，于《波希米亚日报》发表五则短文，题名《沉思》。

  10月，与布罗德兄弟同游巴黎。初遇巡回布拉格演出数月的犹太人剧团，并产生兴趣。

- 1911年（二十八岁） 夏天，与马克斯·布罗德同游瑞士、意大利北部及巴黎。

  9月底，因肺病于苏黎世近郊艾伦巴赫的疗养院停留。

- 1912年（二十九岁） 年初，开始撰写长篇小说《失踪者》（*Der Verschollene*）。这部作品在之后出版时由布罗德更名为《美国》（*Amerika*）。

  夏天，与马克斯·布罗德同游莱比锡（Leipzig）、魏玛（Weimar）与哈茨山（Harz）附近一处名为雍柏恩（Jungborn）的天然疗养院。

  8月，整理《沉思》书稿，在布罗德家中遇见柏林犹太人费莉丝·鲍尔（Felice Bauer，1887—1960）。

  9月20日，开始与费莉丝通信。

  9月22日，一夜撰写出《判决》（*Das Urteil*），该小说奠定了卡夫卡的写作风格。

  11月至12月，撰写《变形记》（*Die Verwandlung*）。

  12月，《沉思》由德国莱比锡的恩斯特·罗沃特出版社（Ernst Rowohlt Verlag）出版，收录短文十八篇。

  12月4日，在布拉格举行首度公开演讲，朗读《判决》。

- 1913年（三十岁） 3月，在布罗德家中朗读《变形记》。与费莉丝频繁通信。初次赴柏林访费莉丝。

  5月，圣灵降临节假期赴柏林再访费莉丝；月底，短篇小说《司炉（一则断片）》（*Der Heizer : Ein Fragment*）（《失踪者》第一章）在莱比锡由科尔特·沃尔夫出版社（Kurt Wolff Verlag）出版。

  6月，《判决》发表于布罗德编集的《阿卡迪亚》（*Arkadia*）文学年鉴。

  9月，游维也纳、威尼斯、里瓦（Riva）。

- 1914年（三十一岁） 4月，复活节假期两日赴柏林访费莉丝。

  6月1日，在柏林与费莉丝订婚。

  7月12日，解除婚约。游历德国北部波罗的海、吕贝克。

  7月28日，"一战"爆发，因其公务职能，被免除入伍从军。

  8月，在比雷克街租赁自己的房间；月初，开始撰写长篇小说《审判》（*Der Prozess*）。

  10月，撰写《在流放地》（*In der Strafkolonie*）。完成《失踪者》最后一章。

- 1915年（三十二岁）　1月，解除婚约后于波希米亚北部边界城市博登巴赫（Bodenbach，今 Decin）与费莉丝·鲍尔相见。

　3月，迁居至朗恩街。

　10月，《变形记》发表于德国表现主义文学月刊《白书页》（Die Weißen Blätter）十月号。

　11月，《变形记》由科尔特·沃尔夫出版社出版。

　12月，德国犹太表现主义作家卡尔·史登海姆（Carl Sternheim，1878—1942）将其获得的柏林冯塔纳文学奖（Fontane-Preis，1913— ）的奖金八百马克全数授予卡夫卡，作为对其作品的高度肯定。

- 1916年（三十三岁）　7月，与费莉丝·鲍尔同游波希米亚西部的玛丽亚温泉市（Marienbad）。

　9月，《判决》由科尔特·沃尔夫出版社出版。

　11月10日，在德国慕尼黑公开朗读短篇小说《在流放地》；月底，迁居至炼金术士街（位于布拉格城堡旁、中世纪风格与炼金传统受保护的黄金巷），撰写《乡村医生》（Ein Landarzt）等短篇小说。

- 1917年（三十四岁）　3月，迁居至美泉宫附近的广场街。

　7月，与费莉丝二度订婚。

　8月，发现肺结核病征。

　9月4日，被医生确诊为肺结核；后至波希米亚西北部曲劳（Zürau，又称 Sirem）一处由小妹奥特拉经营的农场休养。自秋天至翌年春天，于日记上撰写许多箴言。费莉丝曾于9月前往探访两日。

　12月，费莉丝造访布拉格，两人第二次解除婚约。

- 1918年（三十五岁）　居于曲劳至4月。

　夏天，居于布拉格；访波希米亚北部城镇伦布尔克（Rumburg / Rumburk）。

　9月，访奥匈帝国城镇图尔瑙（Turnau）。

　11月起，定居捷克（捷克斯洛伐克共和国于当年10月成立）北部什雷森（Schelesen）疗养，于旅馆结识捷克犹太人朱莉·沃丽采克（Julie Wohryzek，1891—1944）。

- 1919年（三十六岁）　春天，回布拉格。

　夏天，与朱莉·沃丽采克订婚。

　10月，《在流放地》在德国由科尔特·沃尔夫出版社出版。

　11月，与朱莉·沃丽采克订婚一事受到双亲强烈反对；咳血，于什雷森疗养；撰写《给父亲的信》（Brief an den Vater）。

- 1920年（三十七岁）　4月，于今意大利北部德语区南提洛（Südtirol）的梅兰镇（Meran）疗养；南提洛原为奥匈帝国（1867—1918）境内最高处，"一战"后被意大利吞并；与已婚的捷克女记者、翻译米莲娜·叶森思卡（Milena Jesenská, 1896—1944）因《司炉》的捷克文翻译而开始书信往来，并陷入爱河。

　春天，《乡村医生》由科尔特·沃尔夫出版社出版，收录短篇小说十四则。

　7月，与朱莉·沃丽采克解除婚约。

　夏天至秋天，居于布拉格，撰写多篇小短文。

　12月中，赴塔特拉（Tatra）疗养。

- 1921年（三十八岁）　于塔特拉停留至8月。

　秋天，再返布拉格。写成短篇小说《最初的苦痛》（Erstes Leid）。

- 1922年（三十九岁）　1月底至2月中旬，于捷克北部高山科克诺谢山的史宾德穆勒（Spindelmühle）疗养。后居于布拉格。

　春天，写成短篇小说《饥饿艺术家》（Ein Hungerkünstler）。

　1月至9月，撰写长篇小说《城堡》（Das Schloss）。

　7月1日，结束在劳工事故保险局14年的任职。

　7月底至9月中旬，随小妹奥特拉居于普拉纳（Plana）。

　10月，《饥饿艺术家》发表于德国《新论坛报》（Die Neue Rundschau）。

- 1923年（四十岁）　居于布拉格。

　6月，访德国北部近波罗的海的米里茨市（Müritz），与德国犹太人朵拉·迪亚曼特（Dora Diamant, 1898—1952）相遇。

　9月，自布拉格移居柏林，与朵拉同居。

　10月，写成短篇小说《一名小女子》（Eine kleine Frau）。

79

1924 年（四十一岁） 居于柏林，病情急速恶化，其时德国通货膨胀、政局不安。

3 月，返布拉格，写成《女歌手约瑟芬或耗子民族》（ *Josefine , die Sängerin oder Das Volk der Mäuse* ）。

4 月，由朵拉陪同，前往奥地利东部基尔林（Kierling）的疗养院接受治疗；病中校对短篇小说集《饥饿艺术家》。

6 月 3 日，病逝于维也纳附近的基尔林市。

6 月 11 日，安葬于布拉格史塔许尼兹（Straschnitz）的犹太墓园。

夏天，短篇小说集《饥饿艺术家》于德国柏林出版，共有故事四则。

1925 年（死后一年） 长篇小说《审判》于德国柏林出版。

1926 年（死后两年） 长篇小说《城堡》于德国慕尼黑出版。

1927 年（死后三年） 长篇小说《美国》（马克斯·布罗德所题书名，原名为《失踪者》）于德国慕尼黑出版。

1931 年（死后七年） 遗稿集《中国长城建造时》（ *Beim Bau der chinesischen Mauer* ）于德国柏林出版。

1934 年（死后十年） 遗稿集《在法的门前》（ *Vor dem Gesetz* ）于德国柏林出版。

1935 年至 1937 年 马克斯·布罗德主编《卡夫卡全集》共六册，于美国纽约出版。

1950 年至 1967 年 马克斯·布罗德主编《卡夫卡全集》全十册，于德国法兰克福出版。

**判决：卡夫卡中短篇作品
德文直译全集**

[奥]弗朗茨·卡夫卡 著

彤雅立 译

图书在版编目（CIP）数据

判决：卡夫卡中短篇作品德文直译全集 / (奥) 弗
朗茨·卡夫卡著；彤雅立译. — 北京：北京燕山出版
社, 2021.1 (2025.5重印)
（设计师联名书系．K经典）
ISBN 978-7-5402-4715-7

Ⅰ. ①判… Ⅱ. ①弗… ②彤… Ⅲ. ①中篇小说－小
说集－奥地利－现代②短篇小说－小说集－奥地利－现代
Ⅳ. ①I521.45

中国版本图书馆CIP数据核字 (2020) 第186089号

Das Urteil

By Franz Kafka

Jacket design by Peter Mendelsund
本简体中文版翻译由台湾远足文化事业股份有限
公司 / 缪思文化授权
Simplified Chinese edition ©2021 by United
Sky (Beijing) New Media Co.,Ltd.

All rights reserved.

选题策划	联合天际·文艺家工作室
特约编辑	张雪婷　王书平
美术编辑	程　阁
封面设计	Peter Mendelsund　刘彭新

关注未读好书

责任编辑	战文婧
出　　版	北京燕山出版社有限公司
社　　址	北京市西城区椿树街道琉璃厂西街 20 号
邮　　编	100052
电话传真	86-10-65240430 (总编室)
发　　行	未读 (天津) 文化传媒有限公司
印　　刷	北京联兴盛业印刷股份有限公司
开　　本	787 毫米 ×1092 毫米　1/32
字　　数	37 千字
印　　张	2.75 印张
版　　次	2021 年 1 月第 1 版
印　　次	2025 年 5 月第 8 次印刷
I S B N	978-7-5402-4715-7
定　　价	45.00 元

客服咨询